Bibliothèque publique de la Municipalité de la Nation
Succursale ST-ISIDORE Branch
The Nation Municipality Public Library

2 2 AVR. 2010

SUPER TOUTOU et les animaux abandonnés

DISCARD / ÉLIMINÉ

Texte : **Paule Brière**
Illustrations : **Christine Battuz**

Pour Mamz'elle Minoune, Isis Toutou
et surtout pour Mathilde, leur si bonne maîtresse.
Paule

À ma petite maman Lu,
au cœur si grand,
forte comme personne,
présente quoi qu'il arrive,
mon superhéros à moi !
Christine

D1530408

LA NATION / ST-ISIDORE
IP036088

Le raton laveur

Catalogage avant publication de Bibliothèque et Archives nationales du Québec et Bibliothèque et Archives Canada

Brière, Paule

Super Toutou et les animaux abandonnés

(Le raton laveur)
Pour enfants de 3 à 8 ans.

ISBN 978-2-89579-304-5

I. Battuz, Christine. II. Titre. III. Collection: Raton laveur (Bayard (Firme)).

PS8553.R453S96 2010   jC843'.54   C2009-942749-4
PS9553.R453S96 2010

Nous reconnaissons l'aide financière du gouvernement du Canada par l'entremise du Programme d'aide au développement de l'industrie de l'édition (PADIÉ) pour nos activités d'édition.

 Conseil des Arts   Canada Council
du Canada   for the Arts

Bayard Canada Livres inc. remercie le Conseil des Arts du Canada du soutien accordé à son programme d'édition dans le cadre du Programme des subventions globales aux éditeurs.

Cet ouvrage a été publié avec le soutien de la SODEC.
Gouvernement du Québec – Programme de crédit d'impôt pour l'édition de livres – Gestion SODEC.

Dépôt légal – Bibliothèque et Archives nationales du Québec, 2010
Bibliothèque et Archives Canada, 2010

Direction : Caroline Merola
Graphisme : Mathilde Hébert
Révision : Sophie Sainte-Marie

© 2010 Bayard Canada Livres inc.
4475, rue Frontenac, Montréal (Québec) H2H 2S2 Canada
Téléphone : 514 844-2111 ou 1 866 844-2111
Télécopieur : 514 278-0072
Courriel : edition@bayardcanada.com

Imprimé au Canada

Site Internet et fiches d'activités disponibles sur **www.bayardlivres.ca**

Ce jour-là, monsieur Arnold et son chien Pépitou
préparent leurs vacances d'été. Où iront-ils cette année?
À l'auberge Verte Campagne? Au camping les Flots bleus?
Au Club des joyeux grimpeurs?

Justement, un nouveau dépliant publicitaire
tombe de la boîte aux lettres.
Pépitou court le chercher. Monsieur Arnold lit :
– Hôtel des Zanimos Zinterdits. Un environnement
sans chat, sans chien ni aucun animal de compagnie.
Pas de poils sur votre lit, pas de miaulements
au milieu de la nuit, pas de crottes dans le jardin,
pas de zoo chez le voisin.
Tranquillité, propreté et silence assurés !

Pépitou n'aime pas du tout
l'hôtel des Zanimos Zinterdits. Il déchire
à grands coups de dents le méchant dépliant
et il court le jeter. Monsieur Arnold n'a que le temps
de lui passer sa laisse et son collier.

Soudain, le maître
et le chien entendent crier :
– AU SECOURS !

Aussitôt, Pépitou devient

SUPER
TOUTOU !

Il entraîne monsieur Arnold
plus vite que son ombre.

À travers une fenêtre, Super Toutou aperçoit
un perroquet à moitié mort dans sa cage.
Alors il défonce la porte en aboyant :
— Libérez mon copain Roquet,
bande de méchants inconscients !

Mais il n'y a personne.
Le perroquet explique:
– Mes maîtres sont partis en vacances.
Ils m'ont oublié tout seul ici.
Il fait trop chaud et je n'ai plus d'eau.
Je n'ai plus de biscuits et je m'ennuie.

Monsieur Arnold et son gentil Pépitou
ramènent le perroquet Roquet à la maison
pour le nourrir et le soigner.

Mais, sur le chemin du retour,
Pépitou aperçoit d'autres publicités des Zanimos Zinterdits.
Aussitôt, il devient

SUPER TOUTOU !

Il court d'une maison à l'autre, fouille les boîtes aux lettres
et déchire immédiatement tous les méchants dépliants qu'il peut attraper.

S'il ne voit pas de dépliant dans une boîte aux lettres,
Super Toutou aboie:
– Ouvrez ou je vais défoncer,
bandes d'abominables abandonneurs!
Lorsque la porte s'ouvre, les gens s'écrient:
– Un monstre veut nous dévorer!

Monsieur Arnold les rassure de son mieux :
— N'ayez pas peur, Pépitou est gentil comme tout.
Il veut seulement aider les animaux abandonnés.
Vous n'avez pas l'intention de partir en vacances
sans votre animal favori, par hasard ?
Si jamais ils y ont pensé, les gens abandonnent
tout de suite l'idée. Ils répondent tous :
— Non, bien sûr que non.

Satisfait, Super Toutou est déjà reparti.
Il défonce la porte des maisons où,
pour seule réponse, il n'entend
que des cris d'animaux en détresse.
C'est ainsi qu'il délivre Anne l'iguane,
Albert le hamster et Pinpin le lapin.
Tout ça grâce à son ouïe
surdéveloppée !

Dans sa tournée,
Super Toutou tombe sur une vieille cabane
avec une petite affiche à demi effacée:
« Pension pour chiens ».

Mais l'énorme clôture grillagée,
les jappements plaintifs et l'odeur de fin du monde
suggèrent plutôt une prison.
Super Toutou fonce en grognant:
– Libérez mes copains canins, bande de brutes barbares!
Et VLAM! Encore une porte défoncée.
Et toute une bande de chiens délivrés!

Sa mission enfin accomplie, Pépitou rentre tranquillement
à la maison avec monsieur Arnold et les animaux libérés.
Ils racontent tous la même histoire de maîtres partis,
de vacances ratées, de faim, de peur, de solitude
ou de mauvais traitements.

Le lendemain, Roquet le perroquet, Anne l'iguane,
Albert le hamster, Pinpin le lapin et les chiens de la pension prison
décident de partir ensemble à la recherche de leurs maîtres négligents.
Pépitou les accompagne bien sûr.
Il a déjà une idée de l'endroit où les trouver…
Toute la ménagerie s'entasse dans la vieille camionnette
de monsieur Arnold pour prendre la route.
Ça s'empile même sur le toit !

Soudain, une voiture
s'arrête devant eux.
Un petit chat en descend.
Puis l'auto redémarre si vite
que ses pneus en miaulent! Sacha le chat
reste seul au bord de la route, terrorisé,
sans comprendre ce qui vient de lui arriver.

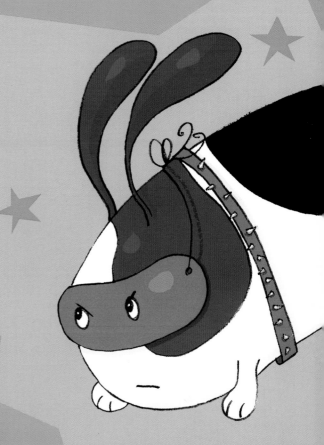

Pépitou, lui, a compris.
Aussitôt, il devient :

SUPER TOUTOU !

Il fonce à la poursuite des fuyards
et les rattrape en grognant :
– Reprenez votre chat, espèces de méchants lâcheurs !
– Impossible, répond la conductrice, gênée.
Mon hôtel refuse les animaux. Je retrouverai mon Sacha
au retour des vacances. J'espère qu'il sera encore là...
Puis la voiture redémarre avec un nouveau miaulement de pneus.

Super Toutou s'élance derrière la voiture, suivi de la camionnette
où les animaux ont fait une petite place à Sacha le chat.

Quelques minutes plus tard, un panneau annonce
l'hôtel des Zanimos Zinterdits.
De pauvres bêtes sont attachées à son pied.

Super Toutou défonce le panneau.
Puis il s'élance à la poursuite des propriétaires de l'hôtel.

Tous les protégés de Super Toutou
retrouvent leurs maîtres dans un joyeux froufrou
de poils et de plumes.
Les maîtres aussi se sont bien ennuyés.
Ils promettent de ne plus laisser leurs animaux chéris
et de ne jamais remettre les pieds dans un hôtel qui les interdit.
Finis les abandons au bord de la route,
dans une maison vide ou une pension prison !

L'hôtel des Zanimos Zinterdits est fermé et aussitôt remplacé
par le gîte des Zanimos Zamis! Le nouveau dépliant annonce:
« Yoga pour votre chat, gymnastique pour votre chien, natation
pour votre poisson, vol libre pour votre oiseau
et buffet à volonté pour tous vos animaux préférés.
Venez partager vos vacances d'été avec Pépitou, le...

SUPER TOUTOU !